石鼓文

中國碑帖名品
［四］

上海書畫出版社

《中國碑帖名品》編委會

編委會主任

盧輔聖　王立翔

編委（按姓氏筆畫爲序）

王立翔　沈培方
胡傳海　孫稼阜
張偉生　馮　磊
盧輔聖

本册責任編輯

馮　磊

本册釋文注釋

俞　豐

本册圖文審定

沈培方

前言

中華文明綿延五千餘年，文字實具第一功。從倉頡造字而雨粟鬼泣的傳説起，歷經華夏子民智慧聚集、薪火相傳，終使漢字生生不息、蔚爲壯觀。伴隨著漢字發展而成長的中國書法，基於漢字象形表意的特性，在一代又一代書寫者的努力之下，最終超越其實用意義，成爲一門世界上其他民族文字無法企及的純藝術，并成爲漢文化的重要元素之一。在中國知識階層看來，書法是中國人『澄懷味象』、寓哲理於詩性的藝術最高表現方式，她净化、提升了人的精神品格，歷來被視爲『道』『器』合一。而事實上，中國書法確實包羅萬象，從孔孟釋道到各家學説，從宇宙自然到社會生活，中華文化的精粹，在其間都得到了種種反映，書法無愧爲中華文化的載體。書法又推動了漢字的發展，篆、隸、草、行、真五體的嬗變和成熟，源於無數書家承前啓後、對漢字美的不懈追求，多樣的書家風格，則愈加顯示出漢字的無窮活力。那些最優秀的『知行合一』的書法家們是中華智慧的實踐者，他們彙成的這條書法之河印證了中華文化的發展。

因此，學習和探求書法藝術，實際上是瞭解中華文化最有效的一個途徑。歷史證明，漢字及其書法衝破了民族文化的隔閡和時空的限制，在世界文明的進程中發生了重要作用。我們堅信，在今後的文明進程中，這一獨特的藝術形式，仍將發揮出巨大的力量。然而，在當代這個社會經濟高速發展、不同文化劇烈碰撞的時期，書法也遭遇前所未有的挑戰，這其間自有種種因素，而漢字書寫的退化，或許是書法之道出現踟躕不前窘狀的重要原因。因此，有識之士深感傳統文化有『迷失』、『式微』之虞。書法藝術的健康發展，有賴對中國文化、藝術真諦更深刻的體認，彙聚更多的力量做更多務實的工作，這是當今從事書法工作的專業人士責無旁貸的重任。

有鑒於此，上海書畫出版社以保存、還原最優秀的書法藝術作品爲目的，承繼五十年出版傳統，出版了這套《中國碑帖名品》叢帖。該叢帖在總結本社不同時段字帖出版的資源和經驗基礎上，更加系統地觀照整個書法史的藝術進程，彙聚歷代尤其是今人對不同書體不同書家作品（包括新出土書迹）的深入研究，以書體遞變爲縱軸，以書家風格爲横綫，遴選了書法史上最優秀的書法作品彙編成一百册，再現了中國書法史的輝煌。

爲了更方便讀者學習與品鑒，本套叢帖在文字疏解、藝術賞評諸方面做了全新的嘗試，使文字記載、釋義的屬性與書法藝術造型、審美的作用相輔相成，進一步拓展字帖的功能。同時，我們精選底本，并充分利用現代高度發展的印刷技術，精心校核，原色印刷，幾同真迹，這必將有益於臨習者更準確地體會與欣賞，以獲得學習的門徑。披覽全帙，思接千載，我們希望通過精心編撰、系統規模的出版工作，能爲當今書法藝術的弘揚和發展，起到綿薄的推進作用，以無愧祖宗留給我們的偉大遺産。

上海書畫出版社

簡介

石鼓文，因其刻於石鼓之上，故而稱之爲石鼓文。有關石鼓的刻製年代，通常以唐蘭的《石鼓文年代考》所載『刻立在秦獻公時期（公元前三八四至公元前三六二）』爲準。其内容爲記述秦王游獵之事，也稱『獵碣』。因被棄於陳倉田野，也稱『陳倉十碣』。唐代初期出土於陝西省寶雞市鳳翔三時原。石鼓共十枚，分别刻有四言詩一首，共十首。自唐代杜甫、韋應物、韓愈作歌詩以來，始顯於世。原石現藏故宫博物院石鼓館。石鼓文是由大篆向小篆衍變而又尚未定型的過渡性字體。書法古茂雄秀、圓融渾勁。歷代書家視爲習篆書的重要範本。

本次選用之本爲上海圖書館所藏吴昌碩舊藏明代中期精拓本，汧殹鼓（第二鼓）第五行『黄帛』二字未損。册首有楊峴、朱孝臧題簽，顧麟士繪《缶廬校碑圖》，册後有吴東發信札兩通及六舟、楊峴、潘鍾瑞、王國維等題跋。是册堪稱難得之善本。爲首次原色全本影印。是册原裝裱開本較大，今縮小至百分之八十五付梓。

明拓周宣王石鼓文
楊龍石題

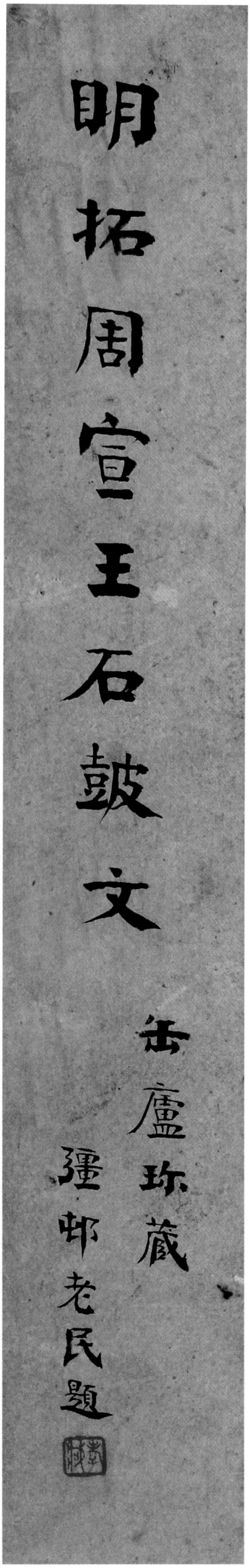
明拓周宣王石鼓文
缶廬珍藏
彊邨老民題

倉石先生新獲吳
江王氏話雨樓所藏
遺碣是四百年前
拓古色古香得
未曾有寶而臨
之原作此圖
用志古歡即乞
正畫頑翁士

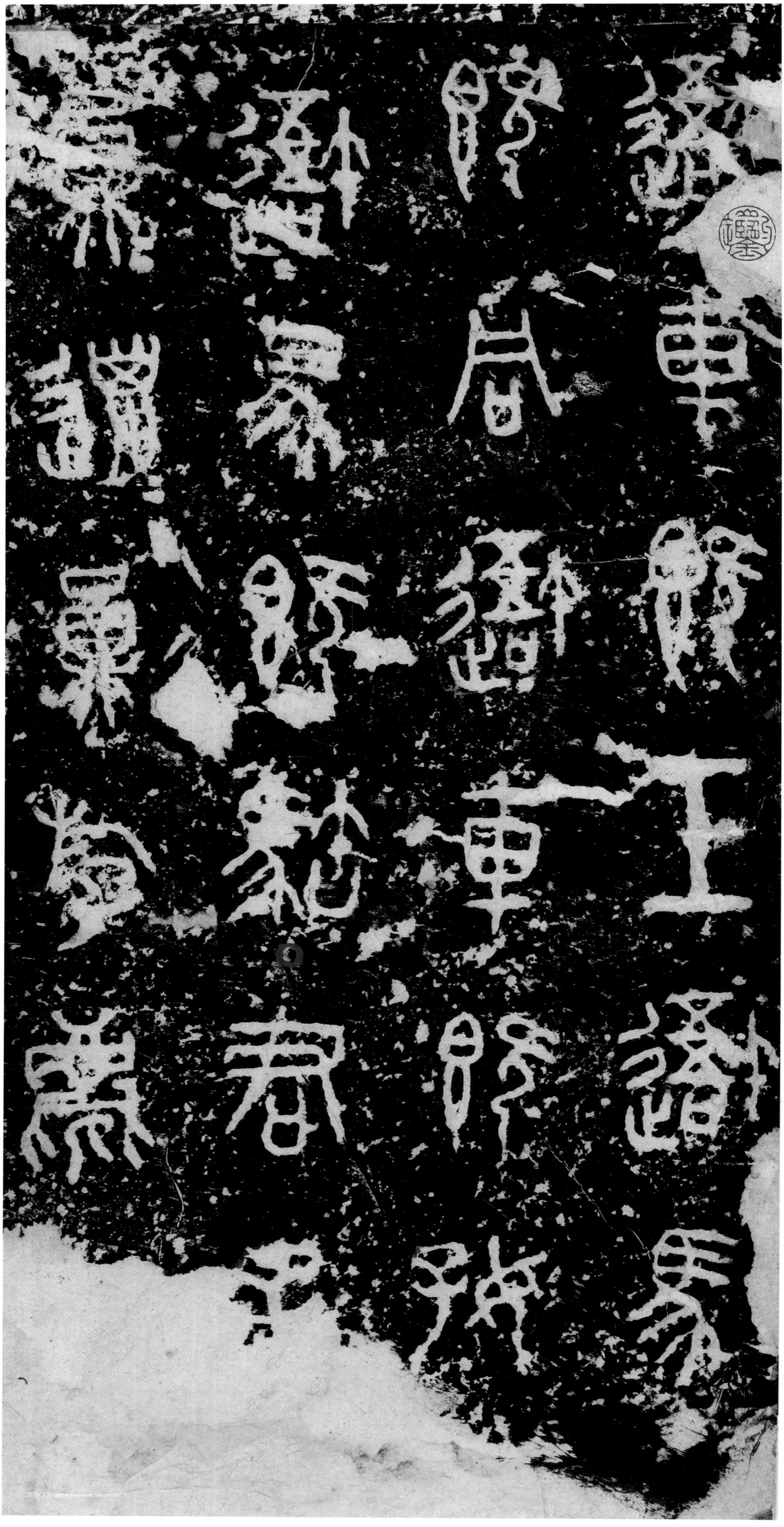

吾車既工，吾馬／既同。吾車既好，／吾馬既駂。君子／員邋，員邋員斿。麀／

員：通『云』，語助詞。

獵：通『獵』。

工：通『攻』，堅固。吾車既攻，吾馬既同：意爲謂車輛堅固，馬匹整齊。《詩經·小雅·車攻》：『我車既攻，我馬既同。』毛傳：『攻，堅；同，齊也。』

駂：通『阜』，肥壯。《詩經·小雅·車攻》：『田車既好，四牡孔阜。』

斿：同『游』。

麀（音幽）：母鹿。

殹：同『驅』。

⿺走憲（音獻）：《說文解字》：『⿺走憲，走意。從走憲聲。許建切。』

成的黑灰。此處引申爲動物行走揚起的塵土。

特：雄獸。亦可指三歲的小獸。

趩趩（音赤）：行走聲。《說文解字》：『趩，行聲也。』

（鹿）速速，君子之求。□□／角弓，弓玆以寺。（吾）／殹其特，其來趩趩。／⿺走憲⿺走憲⿱夋火⿱夋火，即吾即時。／

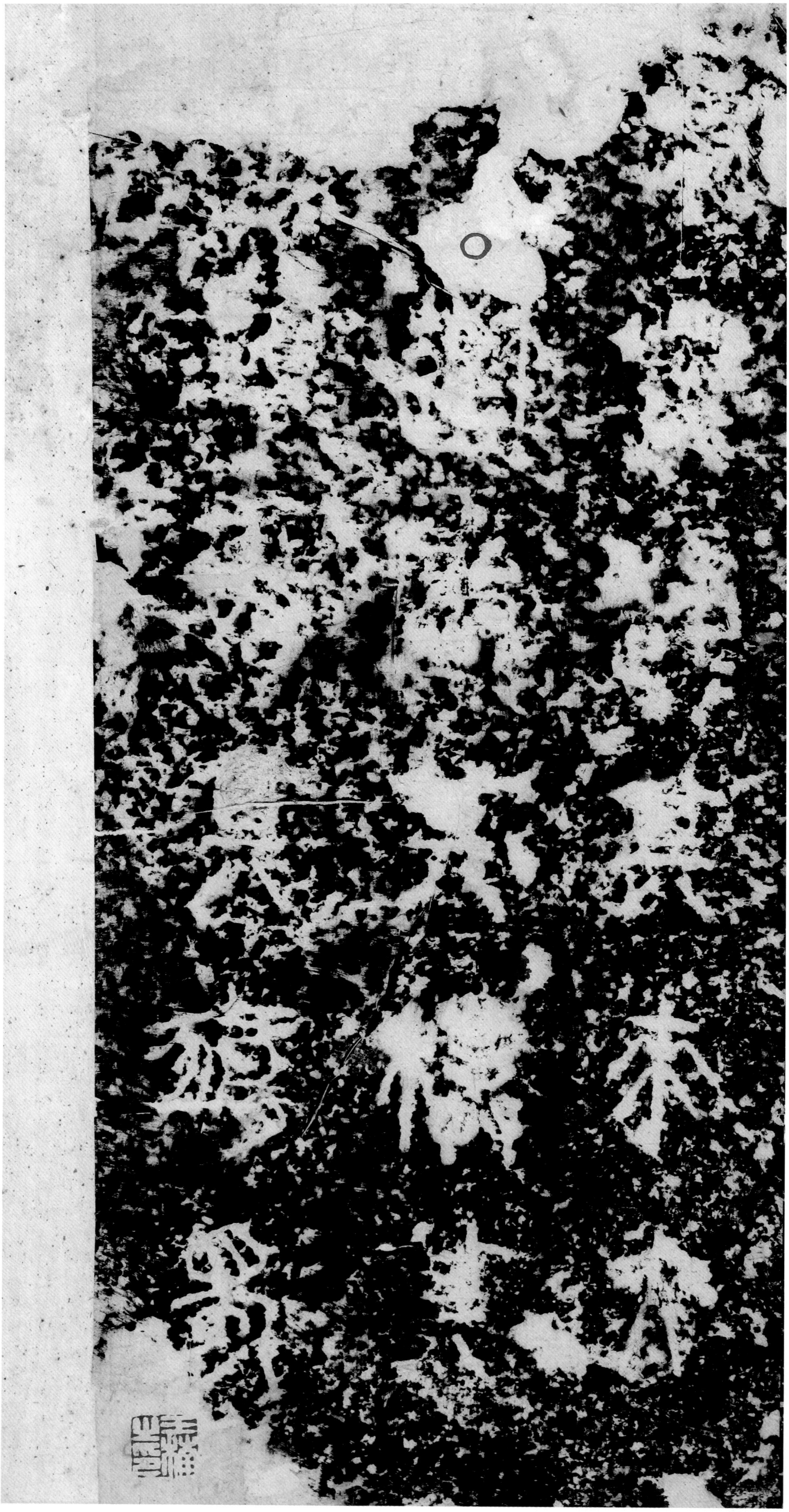

麀鹿趚趚，其來亦/次。吾毆其樸，其/來遺遺，射其豣蜀。/

蜀：通『獨』。此指離群之獸。

豣（音肩）：通『豜』。《說文解字》：『豜，三歲豕，肩相及者。從豕幵聲。《詩》曰：「並驅從兩豜兮。」古賢切。』

趚趚（音粢）：倉猝。

遺遺：行走貌。

次：按順序。

䢵車既工䢵馬既同䢵車既攷䢵馬既駘○君子員邋員邋員
斿麀鹿速速君子出求○觲觲角弓弓茲吕寺䢵敺其時其來
𨘋𨘋○𨙸𨙸䢺䢺即邀即時麀鹿速速其來大坴○䢵敺其樸
其來𨗿𨗿𢏘其猏蜀　右車工五章四章章四句一章三句
吾車既攷吾馬既同吾車既好吾馬既阜　君子員獵爰獵爰游麀鹿速速君子之求
闢闢角弓弓茲以待吾驅其時其來趩趩　𧽤𧽤炱炱即御即時麀鹿趚趚其來大坴
吾驅其樸其來𧾩𧾩射其肩屬
右車工五章四章章四句一章三句

（汧）殹沔沔，烝皮淖/（淵）。鰋鯉處之，君子漁/之。澫又小魚，其斿□□。/

汧（音千）：汧水，今千河的古稱，流經陝西省入渭河。

殹：語氣詞，相當於『也』、『兮』。

澫：一說讀『漫』，一說即『濿』字。

濿：同『砅』，踏著石頭過水。

又：通『有』。

沔沔：水滿蕩漾貌。

烝：通『承』。

皮：通『彼』。

小魚：按此兩字爲合文。

淖淵：水潭和水塘。

帛：通『白』。

鱳鱳（音力）：同『皪皪』。《廣韻》：『的皪，白狀。』

鰟：通『鯾』。古又稱魴魚，今稱鯿魚。《説文解字》：『鯾，魚名。從魚便聲。鯿，鯾又從扁。房連切。』

篕：古『盜』字，通『罩』，捕魚的竹籠。《爾雅·釋器》：『篧謂之罩。』郭注：『魚籠也。』《詩經·小雅·南有嘉魚》：『南有嘉魚，烝然罩罩。』毛傳：『罩罩，篧也。』鄭玄箋：『言南方水中有嘉魚，人將久如而俱罩之。』《釋文》：『罩，《字林》竹卓反，云捕魚器也。篧，助角反，郭云：捕魚籠也。』

氏鮮：捕魚。

帛魚鱳鱳，其篕氏（鮮）。／黃帛其鰟，又鱄（又）／鮊。其朔孔（庶。鸞之）𩾃𩾃，汪汪……／

隹鱮（隹鯉。可）以□╱之？隹楊及柳。╱

隹：通『唯』。

鱮：古指鰱魚。

汧殹沔丞丞彼淖淵鰋鯉處之君子漁之○澫澫又鯊其斿𨆌𨆌帛魚皪

皪其籃氐鮮○黃帛其鯾又鰟又鮊其胡孔庶臠之𩵦𩵦汗汗搏搏○

其魚隹可隹鱮隹鯉可以橐之隹楊及柳

右汧四章三章章四句一章五句

汧殹沔丞丞彼淖淵鰋鯉處之君子漁之　漫漫有鯊其游𨆌𨆌白魚皪皪

其籃氐鮮　黃帛其鯾有鰟有鮊其胡孔庶臠之𩵦𩵦汗汗搏搏　其魚惟

何惟鱮惟鯉何以橐之惟楊及柳

右汧四章三章章四句一章五句

田車孔安，鋚勒馬馬，〳四介既簡。左驂旛旛，〳右驂騝騝，吾以陵于〳遵。吾戎止陕，宫車〳

田：通『畋』，打獵。田車：打獵用的車子。《詩經·小雅·車攻》：『田車既好。』朱熹集傳：『田車，田獵之車。』

孔：甚，大。安：安穩。

鋚（音條）勒：轡首銅飾。《説文解字》：『鋚，鐵也。一曰轡首銅。從金攸聲。以周切。』

四：通『駟』，古代同駕一輛車的四匹馬。四介：由四匹披甲的馬所駕的車。

簡：大。《淮南子·説山》：『周之簡圭。』

驂：駕車時左右兩邊的馬。《楚辭·九

旛旛：馬飛馳貌。

陵：通『躋』，登高。

切。』此處表示卸下馬具停下車。

秀：通『抽』。寺：通『待』。

又旆：即『旆旆』，『又』字在此處爲表示重文句式的語助詞。旆旆：讀作『陳陳』，指所獲獵物相互枕藉陳列之貌。

孔庶：形容非常多。

麀鹿：母鹿。雉：野雞。

麋：麋鹿。豕：野猪。

其寫。秀弓寺射，麋／豕孔庶，麀鹿雉兔。／其□又旆，其□趚／亦。□出各亞，□□／

昊□，執而勿射。多〳庶⿺走樂⿺走樂，君子逌樂。〳

⿺走樂：動物跳躍活動的樣子。《説文解字》：『⿺走樂，動也。從走樂聲。』

田車孔安鋚勒馯馯六帚既簡左驂旛旛右驂騝騝𠭥吕隮亐邍○
𠭥戎止陕宮車其寫秀亐寺敓麀豕孔庶麀鹿雉兔○其邍又旓其
戎𨇡𨇡大車出各亞獸白𠑹𠭥執而勿敓多庶𨔝𨔝君子逌樂

右田車三章一章六句一章五句一章七句

田車孔安鋚勒馯馯六師既簡左驂旛旛右驂騝騝吾以躋于原　吾戎止
陕宮車其寫秀亐時射麋豕孔庶麀鹿雉兔　其原有旆其戎𨇡𨇡大車
出各惡獸白臭吾執而勿射多庶𨔝𨔝君子逌樂

右田車三章一章六句一章五句一章七句

鑾：鈴鐺。古代帝王的車駕上有鑾鈴，故稱帝王車駕爲『鑾車』。

桒敕：一說讀作『逑次』，指圍獵的車輛依次排列。

□□鑾車，桒敕真/□。□弓孔碩，彤矢/□□。四馬其寫，六轡/騖箬。徒騕孔庶，廓/

彤矢：朱漆箭。本指古代天子賜給有功諸侯大臣的箭矢。《尚書·文侯之命》：『用賚爾秬鬯一卣，彤弓一，彤矢百。』孔傳：『諸侯有大功，賜弓矢，然後專征伐。彤弓以講德習射，藏示子孫。』

□宣搏。眚車𠭯道，／□徒如章，遵濕陰／陽。趍趍□馬，射之猏猏。／□如虎，獸鹿如／

趍趍：馬飛馳貌。

眚（音省）：本義指眼睛生翳。

獸：通『狩』。

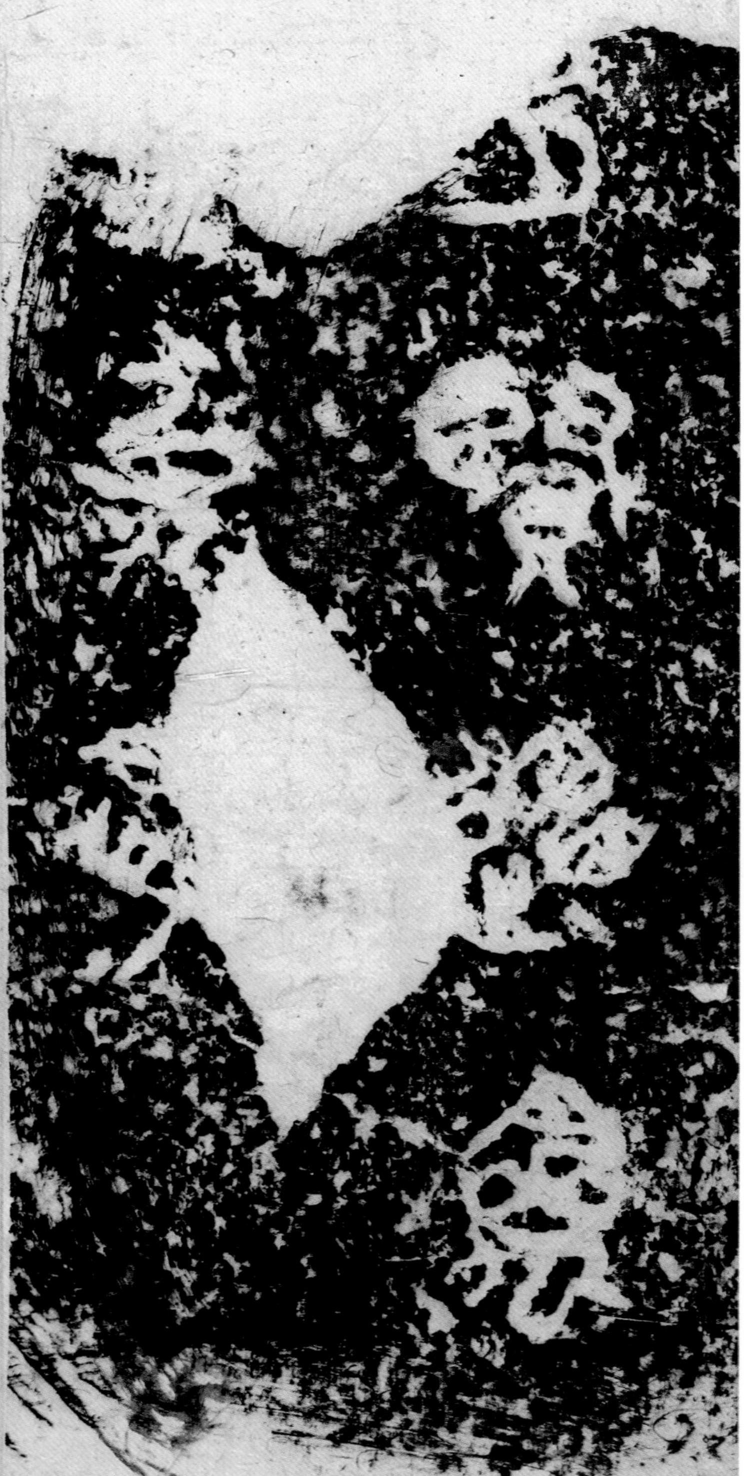

□。□□多賢，迪禽／□□，（吾隻）允異。／

迪：讀作『陳』。

帥皮鑾車𠦑敕眞如秀弓孔碩彤矢笑笑○四馬其寫六轡沃若徒馭孔庶

麀騎宣博○眚車䡅衍如徒如章𢓵陘陰陽趍趍六馬𢼸之𨱔𨱔○又貙如

虎獸麀如兕台爾多賢𨟻禽奉雄𧽊免允異

右鑾車四章二章章四句二章章五句

帥彼鑾車𨔧敕閑如秀弓孔碩彤矢嶷嶷　四馬其寫六轡沃若徒馭孔庶

廓騎宣愽　𠂤車䡅行如徒如章原隰陰陽趍趍六馬射之𨱔𨱔　有貙如

虎獸鹿如兕怡爾多賢迧禽奉雉吾免允異

右鑾車四章二章章四句二章章五句

㝉㝉囱京河水澂澂衛來自東霝
雨奔𣹳迄湧盈盈○渫涇君子旣
歨衛馬𣹳汧汧殹洎淒丞士○駱
言囱歸舫舟自廡徒驂𨒪𨒪隹舟
㠯衍或陰或陽极深㠯戶出亏水一方
○丞徒𨕥止其奔衛㠯且其卣叓
右來東四章上章五句一章四句一
章七句一章三句

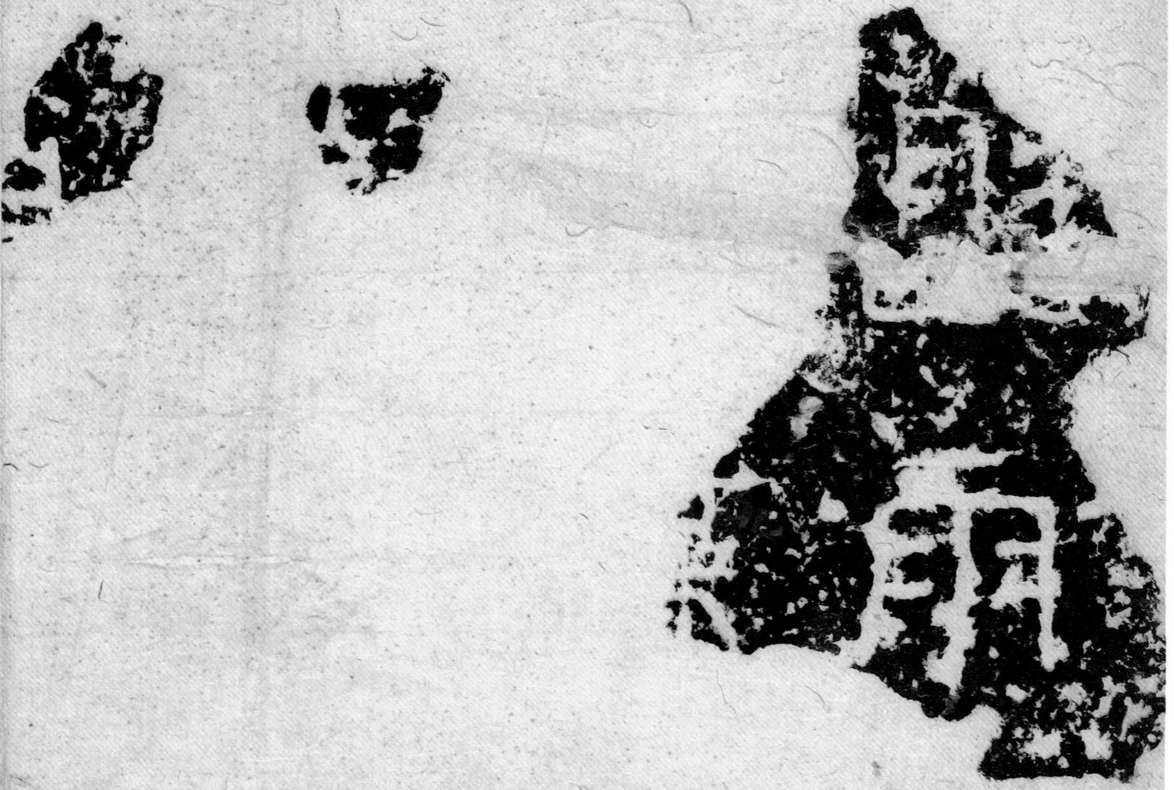

霝雨：同『零雨』，指下雨。《詩經·豳風·東山》：『零雨其濛』，《説文解字》引作『霝雨其濛』。

依依西京河水澎澎吾来自東零雨奔
流逆湧盈盈　渫隰君子旣涉吾馬流
汧汧毆洎淒丞士　駕言西歸舫舟自
鄜徒驒遑遑維舟以行或陰或陽极深
以户出于水一方　丞徒遑止其奔吾
以阻其廼吏
右来東四章一章五句一章四句一
章七句一章三句

自，徒馭……/以道，或……/陽。極深以……/

一方……／其奔……／

□□□猷，乍邍乍/□。□□□，道遄我嗣。/□□□除，帥皮阪/□。□□□莽，爲卅里。/

莽：同『草』。

卅：此處讀作『三十』。

□□□微，𢓜迺罟。／□□□栗，柞棫其／□。□□椶，桰庸鳴／□。□□□□，亞箬其華。／

椶：同『棕』。

罟：漁網。

盩（音周）：地名，盩厔：在陕西，今作周至。

□□□□，爲所斿㲽。／□□盩導，二日樹／□，□□五日。／

亶獻乍𨘦乍周衛徥我嗣攸除帥𠬝阪田○䓮爲卅里希微𢧵𢧵直呂柰𧁿栬

棫其狀𣟴楁䓬䓬鳴㮣亞箬○其𦏴可爲所斿𨫰水𨩢衛二日封丝五日

右亶獻三章二章章四句一章六句

宣獻作原作周道遄我司攸除帥彼阪田　莫爲卅里希微𢧵𢧵迺呂漆

栗柞棫其牧樸楁庸庸鳴條惡箬　其華何爲所游𤼲水盩道二日樹幽

五日

右宣獻三章二章章四句一章六句

徒馭嘽嘽然而師旅眞然會同
又繹旨左○戎𢓜兮矢兮矢孔
屡滔滔是戴叙夫寫矢具蒦
荍[illegible]○其徒胯來或羣或叐
悉率左右燕樂天子○來嗣王
始𤢻𤢻優古我來攸止
右徒馭四章二章章四句
一章五句一章三句

共十六頁

是。□……／具舊……／

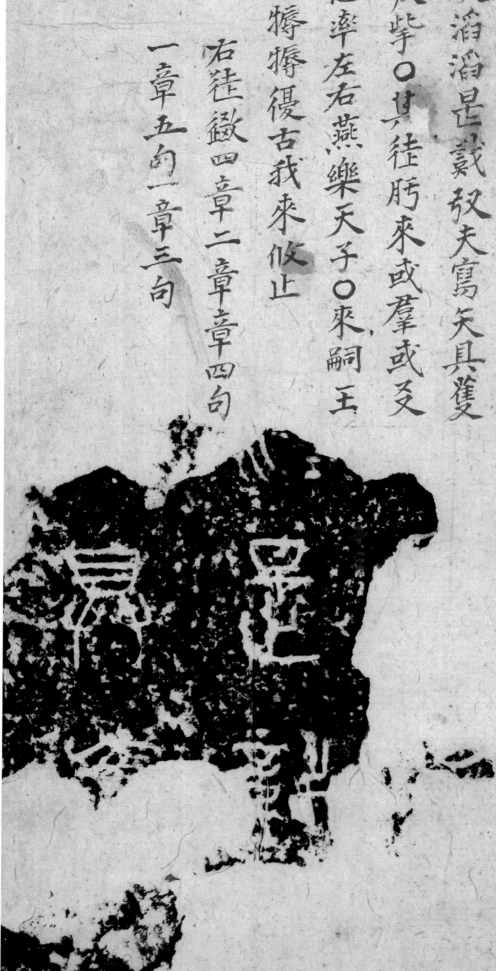

徒御嘽嘽然而師旅闐然會同
右繹以左　戎偉亏矢亏矢孔
庶滔滔是熾射夫寫矢具奪舉
毕　其徒肝來或羣或友悉率
左右燕樂天子　來嗣王始𢹂𢹂
復古我來攸止
右徒御四章二章章四句
一章五句一章三句

來……／天子……／

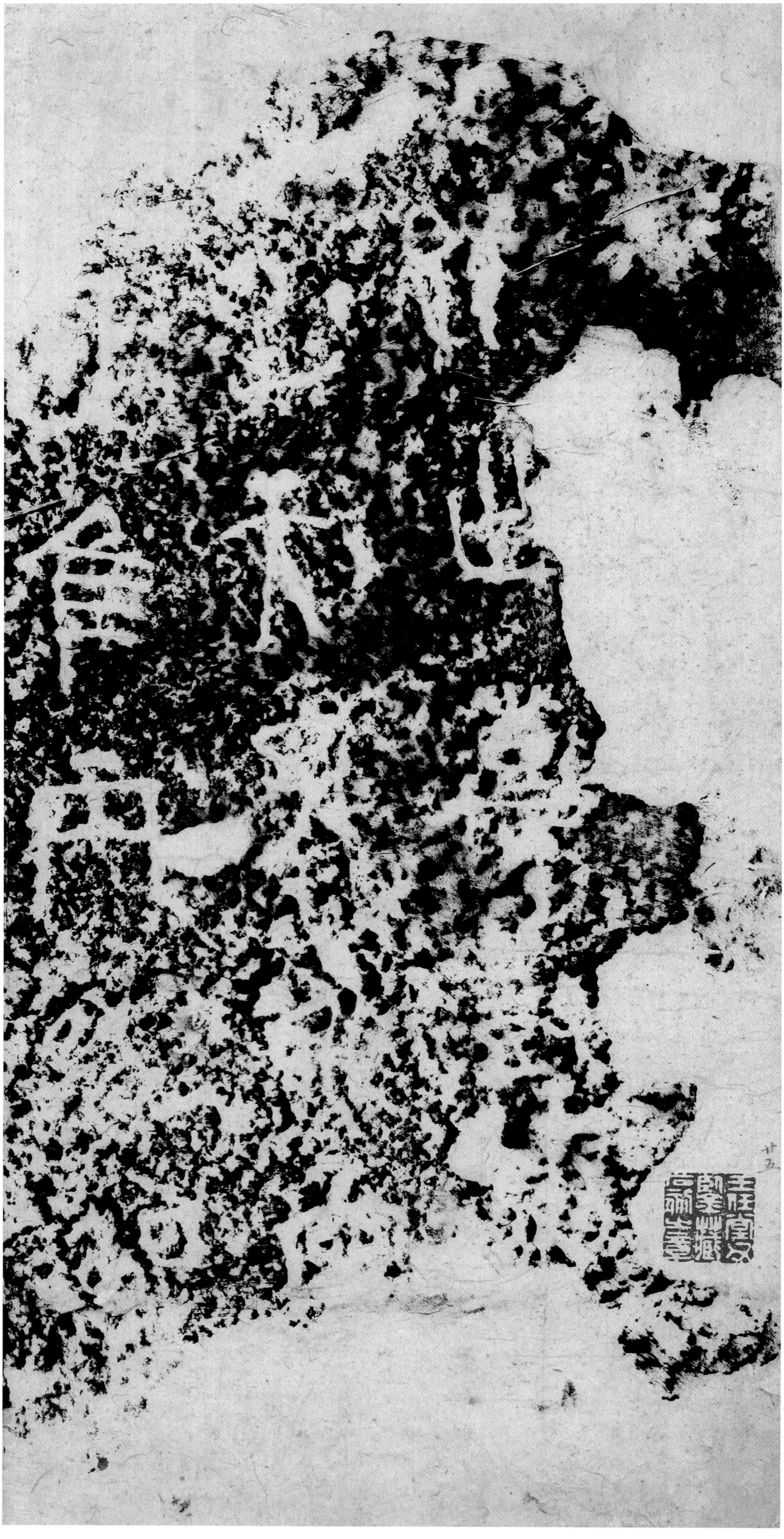

……□……／□既止，嘉樹則……／日隹丙申，昱昱……／

吾其周道，……╱馬既。敖╱□康康，駕□……╱左驂□□╱

吾水既清吾道既平吾行既止嘉樹
則里 天子永寧日惟丙申旭旭杲杲
吾其肎道 乘馬既迪奏夏康康
駕棒四黄左驂驁驁右驂驁驁
檠戟以奕汝不執德 嬏翰霧霧㸚
游旆旆公謂大來余及如茲邑昌不余及
右吾水四章二章章四句一章七句
一章五句

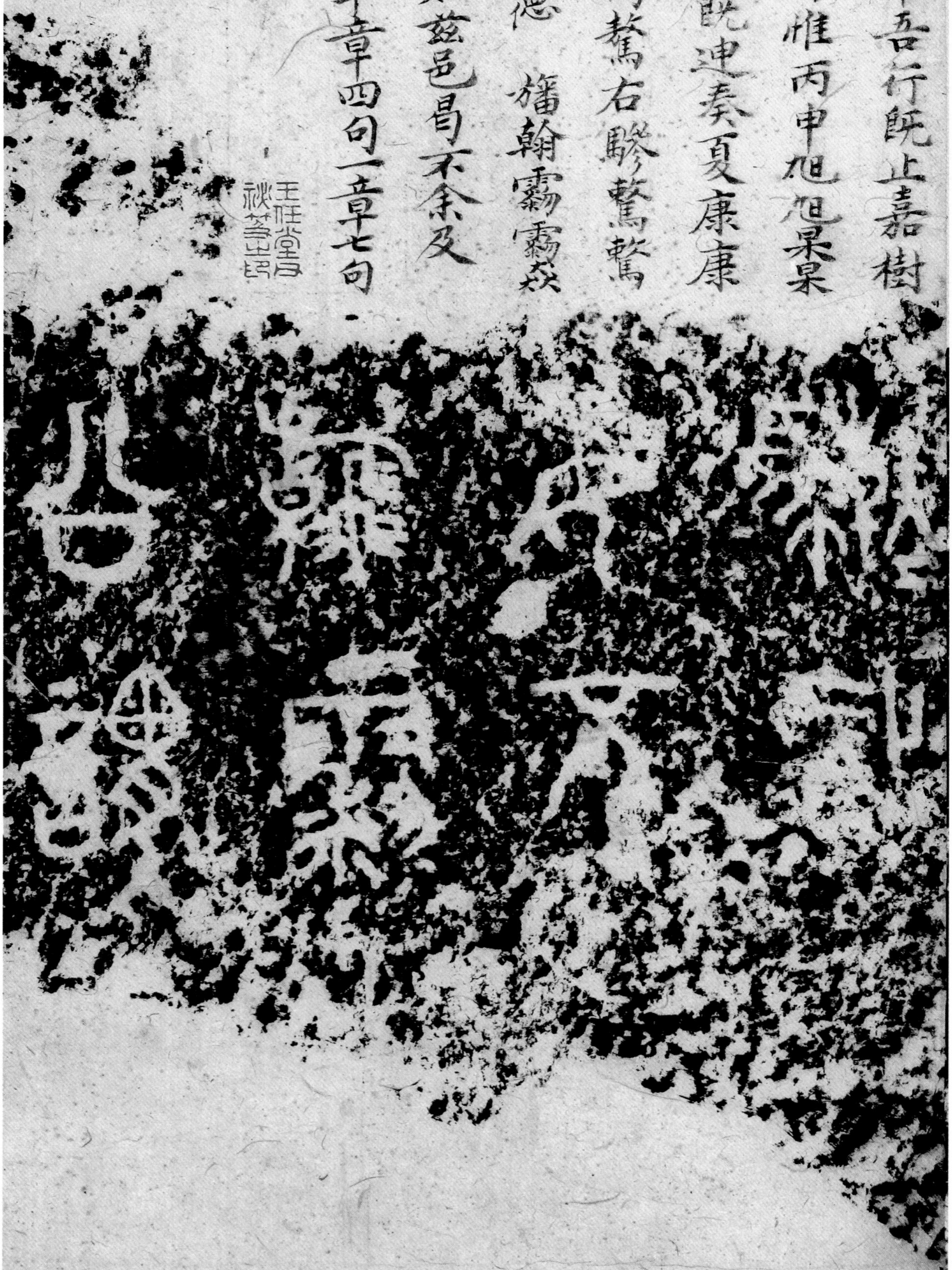

……騋騋。□□□……/毋不□……/翰霧□……/公謂……/

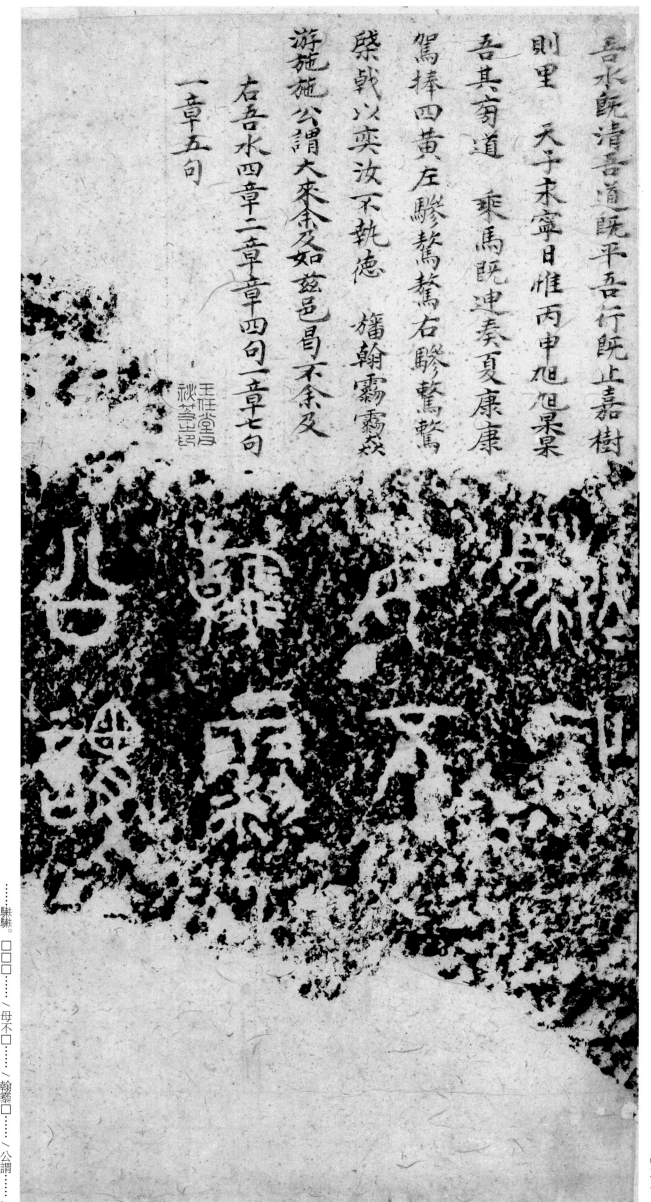

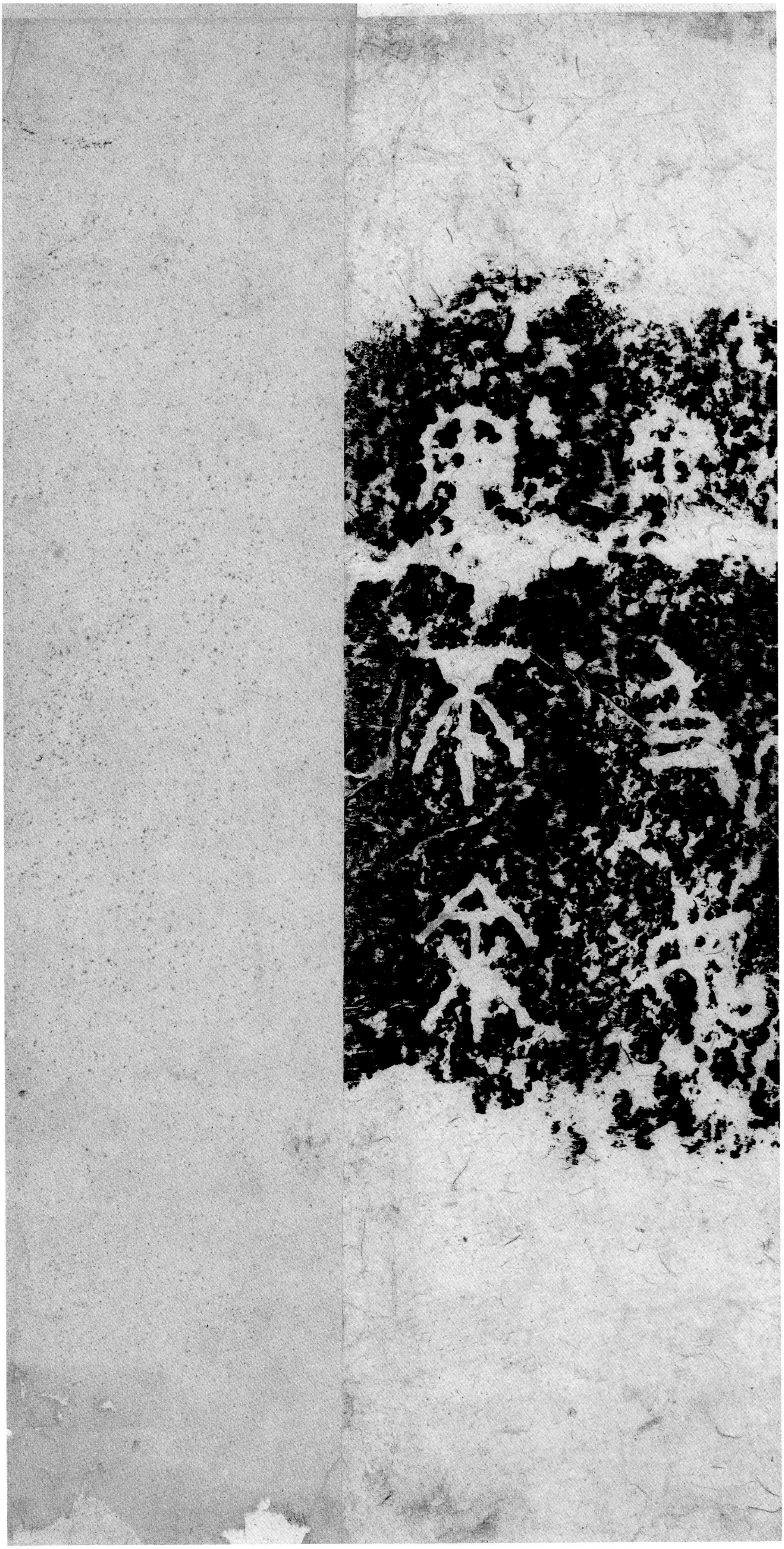

金：通『今』。

害：讀作『曷』。

金及如……／害不余……／

吳人憐亟朝夕敬惕載囱載北勿竈勿伏礐
而出奇錐獻用特〇歸格載祖告于大祝禘
嘗㝵享致其方載寓逢中闢孔庶麗麤鑾灑
既坦疆理鱅鱐〇大田不稷君子可求又謀
又始周〇爰止于是肅肅烝祀責及我孫子
右吳人四章一章六句一章八句二章
章三句

……用……／載……／

吴人憐亟朝夕慈惕飤西飤北勿奄勿伏若而出

奇進獻用特　歸格藝祖告于大祝禘嘗受高致

其方埶寓逢中囿孔庶麀鹿原隰既坦疆理曈曈

大田不搜君子何求有謀有始周　爰止于是

肅肅烝祀貴及我孫子

右吴人四章一章六句一章八句二章章三

句

……囿孔口，口鹿……／……大……／……文／

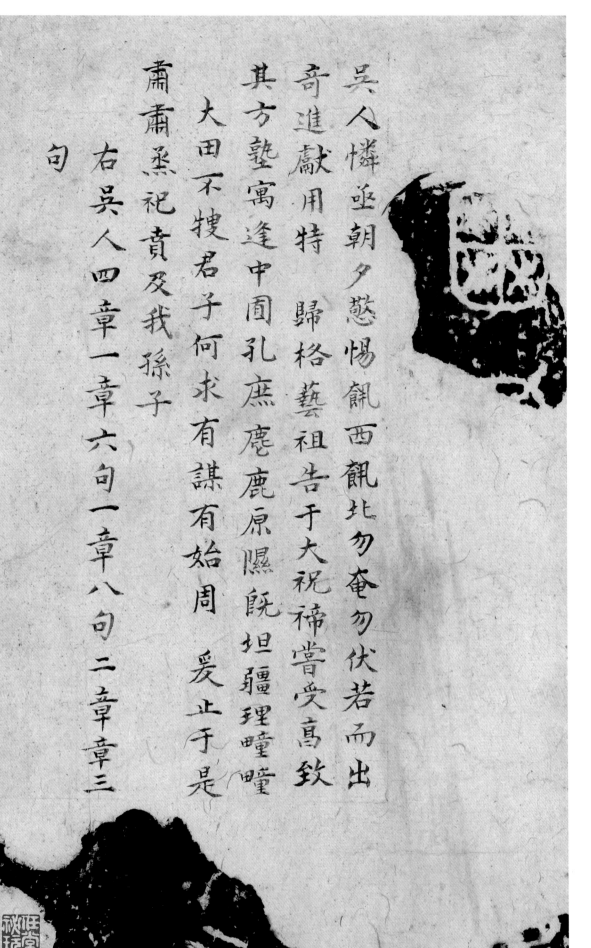

日前寄上石鼓文字稿子想已付梓須叮囑
寫刻俱要整齊。併望。時。為催促。速。為妙。其價
不知講定若干。刻就刷樣寄下。其錢即如數寄上。
今又寄上石鼓辨稿三張。石鼓釋文攷異或問稿五
張。望即付寫。樣本寄下。校對其或問五張尤
須寄下補寫篆文。尚有石鼓爾雅一卷字數較
多。寫稿畢即寄上。此七種刻完即欲刷印。和矣。
囑其。趕加。為禱。張叔未先生晤否。上省否
尊公詩可託伊付選。當即將甚業本寄上。弟寒熱尚
未除。尚未能即至省也。此致順候
近祉不宣　倘前石鼓鑑等所寫樣本尚未上板。望。寄下校對。
皆木世兄孝履
世弟吳東發頓首

前寄石鼓鑑等稿想已付梓石

鼓釋文攷異或向如已寫樣望即

寄下補寫篆文本病日上有向

無之意出自初擬上省謁見中丞石

鼓文字敷據須要刻就刷印數十

部帶去千萬催伊早爲竣工爲要

累瀆

清神容俟日面謝此致順候

近祉不宣

皆未老世兄孝履

世愚弟吳東發頓首

尚有石鼓集雅一卷稿子即日寄上

道光十七年子月壽堂程鎔拜觀

四明范氏天一閣藏是北宋拓本
儀徵相國重刻石置杭
學宮壁間是本為左朗甫拓生氏
鮮二字擬出來辨之云魚飛氏字下
疑係工裝時割去底下橫二字惜
哉道光丁酉冬日緣底僧六舟識

石鼓文曾獲平津館藏本今歸合肥李新吾郎中後又見錢唐陳遇君太學藏本與此而三皆明拓之佳者古香滿紙近人欲笑近時蘇州汪柳門宮詹以羅紋紙精拓亦頗可玩但乏舊氣耳余嘗論三代以上篆勢皆圓至漢而方至唐而長懷甯鄧完白山人譚為本朝篆書第一其實學唐遷延態非篆之正趣也或曰時為也則應之曰時為其書何必篆學篆而不師古猶學制舉藝但作墨裁而不讀先正名文雖工奚貴

昌碩篆法探源星海必不以余言為謬乙酉臘月楊峴題

此舊拓獵碣六舟上人定為初明本較天一閣宋拓未遠一間獨惜裝褾家於泐處都割去如田車亭田字六字又字之上畫孔安鋚勒字之右旁皆不全而汧殹章更去其下截不如舊拓金石凡泐字有一二筆畫可尋均當存之以備參攷況鮮字之確可指乎且十碣僅存其九則其一宋拓猶有十餘字明初蓋不致盡泐而褾手亦竟棄之誤矣王任堂先生吳江盛澤鎮人當嘉道間從張芑堂張叔未諸先生游精鑒別所收藏皆妙品嘗刊話雨樓所藏金石錄一書此獵碣亦雙鉤摹入今雙鉤本已罕見而原本乃為倉公所得洵希有之珍也天一閣本一摹於阮相國再摹於張徵士（即芑堂）徵士本為上海徐氏移置露香園不數年燬於火平津館本亦曾重刻於虎阜孫武子祠咸豐時燬於兵燹概無存矣郋亭汪君官司成時監視精拓者余得其一通 倉公愛而索之余索其手臨一通以相易余向藏舊拓宣獻一碣楮墨純古雖未能上擬范氏本較諸此則無多讓也惜其殘蝕願

與倉公共寶之承屬綴言因並記此為獵碣掌故焉

光緒十有二年丙戌夏五長洲潘鍾瑞題於雙鳳雙魚専硯齋

吾鄉六舟上人跋此本據竹里老人說謂第二鼓四五六行末缺文之三字為俗工剜去云云余曾見明末休甯朱卧庵藏本有此三字而第四鼓第四行衍字已全泐此本衍字尚完則斷無闕第二鼓三字之理六舟說是也傳世石鼓舊拓自天一閣本已佚後推宋室沈庵宮保藏本為第一其次不能不數是本矣癸亥春暮海甯王國維觀并記

乙巳冬十月朱孝臧觀于缶廬

張迎敬觀

庚申中秋前三日

歷代集評

今妙跡雖絶於世，考其遺法，肅若神明，故可特居神品。又作籀文，其狀邪正體則，《石鼓文》存焉。乃開闔古文，暢其纖鋭，但折直勁迅，有如鏤鐵，而端姿旁逸，又婉潤焉。若取於詩人，則《雅》、《頌》之作也。

——唐 張懷瓘《書斷》

學書之要，唯取神氣爲佳。若摹像體勢，雖形似而無精神，乃不知書者所爲爾。嘗觀《石鼓文》，愛其古質，物象形勢有遺思焉。及得原叔彝器銘，又知古之篆文或多或省或移之左右上下，唯其意之所欲。

——宋 蔡襄

《石鼓文》筆法如圭璋特達，非後人所能贋作。熟觀此書，可得正書、行草法。

——宋 黄庭堅《山谷論書》

篆法匾者最好，謂之『蜾匾』，《石鼓文》是也。徐鉉自謂『吾晚年始得蜾匾法』，凡小篆，喜瘦而長，蜾匾法非老手莫能到。

——元 吾丘衍《論篆書》

《石鼓》操縱在手，從心不逾，篆書之聖，不敢仰攀；斯、喜遺跡，亦復淪絶；惟李少温上追史籀，下挹斯、喜，足爲篆法中權。余學之三十年，略得端緒。每作一字，不敢以輕心掉之，必正襟危坐，用志不分，乃敢落筆。

——清 王澍《竹雲題跋》

周篆委備，如《石鼓》是也；秦篆簡直，如《嶧山》、《瑯琊臺》等碑是也。其辨可譬之麻冕與純焉。

——清 劉熙載《藝概》

若《石鼓文》則金鈿落地，芝草團雲。不煩整截，自有奇采。體稍方扁，統觀蟲籀，氣體相近。《石鼓》既爲中國第一古物，亦當爲書家第一法則也。

——清 康有爲《廣藝舟雙楫》

《石鼓文》天然渾成，略不著意，如日月星辰之麗天，仰視若無他奇，稍一增減，便成妖異，是爲碑版鼻祖。

——清 梁章鉅《退庵隨筆》

結構如生，點畫如注，誠如孔巽軒太史所謂，勁者山立，柔者不垂，行若奔雲，止若據槁。一字之内左右相生。一簡之中稀疏適歷。固當遠超二李，近軼兩徐矣。欲學篆書，捨秦刻間架，此鼓筆劃奚從哉。

——清 方朔《枕經堂金石書畫題跋》

石鼓、鐘鼎、漢魏碑刻，有一種雄渾古拙之感。此即所謂『金石味』。……古人粗豪樸厚，作文寫字，自有一股雄悍之氣；然此種『金石味』也與製作過程與時間的磨損有關。金文的樸茂與澆鑄有關，魏碑的剛勁與刀刻有關，石鼓、漢隸，斑駁風蝕，蒼古之氣益醇。

——近代 潘天壽《談漢魏碑刻》

圖書在版編目（CIP）數據
石鼓文/上海書畫出版社編.——上海：上海書畫出版社，2013.8
（中國碑帖名品）
ISBN 978-7-5479-0648-4
Ⅰ.①石… Ⅱ.①上… Ⅲ.①石鼓文—碑帖—中國—先秦時代 Ⅳ.①J292.22
中國版本圖書館CIP數據核字（2013）第186576號

中國碑帖名品［四］

石鼓文

本社 編

責任編輯 馮 磊
釋文注釋 俞 豐
審　　定 沈培方
責任校對 周倩芸
封面設計 王 峥
整體設計 馮 磊
技術編輯 錢勤毅

出版發行 上海書畫出版社
地址 上海市延安西路593號 200050
網址 www.shshuhua.com
E-mail shcpph@online.sh.cn
印刷 上海界龍藝術印刷有限公司
經銷 各地新華書店
開本 889×1194mm 1/12
印張 4
版次 2013年8月第1版
2021年10月第7次印刷

書號 ISBN 978-7-5479-0648-4
定價 40.00元
若有印刷、裝訂質量問題，請與承印廠聯繫